慈雨
JIU

大木太枝
OKI Tae

文芸社

目次

慈雨

一　無理心中

〇〇〇子様、二〇〇〇年九月十九日と十一月二十三日を、私は忘れることは無いでしょう。

九月十九日は、嫌がらせのはがきが届いた日、十一月二十三日は、私の最も大切な人たちが、一度に三人も帰らぬ人になってしまった日です。

りくは、ようやく、「あいうえお」を全て読み書きできるようになり、「今度はカタカナを教えて」と意欲を見せていました。インラインスケートも、彼に請われて、毎週のように、家族で城南島《じょうなんじま》公園まで出かけて、どんどん上達していました。水泳も「幼稚園で、青丸になったよ」と自信をつけ始めていました。亡くなる前夜、パソコンで楽しそうに遊んでいた姿、無邪気な笑顔が浮かびます。

かいも、りくに比べれば、少し遅れていましたが、余り好きではないのに、インラインスケートで一生懸命、すべっては転び、お尻に青あざを作っても、半べそをかいても頑張っていました。

人懐っこい子で、クラスの女の子からも、人気がありました。二人の「お父さん」と呼びかける声が、いつでも聞こえます。もう抱きしめることはできないのです。二人共、親の期待に応えようとする姿がいじらしい、ほんとうに素直な息子たちでした。冷たくなった三人の頬に、何度も手を当て、三人の額にキスをしたのが火葬前の最後のわかれでした。

ゆき子とは、出会ってから、もう十二年になります。彼女には本当に何でも話せたし、何でも聞いて欲しくて、いつも色んなことを話し合っていました。亡くなった日は、ゆき子の妹家族と、Jリーグのサッカーを見に行くことになっていました。翌日は、私は有休を取ってあり、恵比寿のレストランに、予約を入れてありました。でも、彼女にとっては、もう、どうでも良かったのでしょう。自分の周りのお母さんたちが全て敵《てき》に見えていたからです。

明るかった頃の彼女の姿が浮かび、話しかける声が聞こえてきます。私はもちろん、周囲からも愛される人でした。

嫌がらせのはがきが届き、その後、複数の母親から、つきまといや、無言電話が続くなどの嫌がらせを受けていたと、彼女は私に訴えていました。そして彼女の死後、園におけるあなたの言動から、私は確信しています。隠し通すことはできません。世間は見ています。社宅の中でまかり通ることが、世間でも通用すると思わないで下さい。あなたの非常識な言動が、周囲のお母さんたちを、どれだけ傷つけ、苦しめているか、考えたことがありますか？　人が自殺するまで、わが子を道連れにしてしまうまで苦しんだのを、笑い飛ばし、家庭の不和や、他の原因に転嫁しようとするのですか？　私も亡くなった三人も、決してあなたを許すことはありません。私の母に対し、

「ゆき子さんとは仲良くありませんでした」と明言したあなたが、何故、みんなが、ゆき子、かい、りくの死亡の知らせを受けて動揺し、言葉を失っている最中に、平然と「あそこは不和だった」などと言えたのですか？　私に一面識もなく、一言の言葉も交したことのないあなたに、家庭内のことを、公衆に向かって、非難される謂《いわ》れはありません。絶対に許しません。この件に関してきちんと私に謝罪して下さい。何故そんな出まかせを言う必要があったのかも、説明して下さい。死者に対する敬意はないのですか？　遺族に対する常識的な思いやりすらもないのですか？　それとも、自らの間違った行為を隠蔽《いんぺい》しようとしたためですか？

夏までは、仲の良い幸せな家族でした。元気な双児を授かったことを本当に感謝していました。二学期に入り、ストーカーまがいの行為が続くあたりから、ゆき子は周囲がみな、心配するほど、落ち込んでいきました。

私は全てを失いました。この六年間、築いてきたもの、培ってきたものの全てを！

あなたに、人間の血が少しでも残っているなら、罪を認め、悔い改めて下さい。それはあなたの子どもの為でもあります。やってはいけないことをしておきながら、それを隠し通すのは最低です。あなたも人の親なら、自分の子に恥じない行動をして下さい。

三月九日　大木〇〇拝

この手紙は、主犯格と確信《かくしん》した相手に、配達証明書付きで、息子が送ったものだ。三人が生命《いのち》を絶った、二〇〇〇年十一月二十三日、この日は朝からどこまでも澄み渡る真っ青な晩秋の空が広がっていた。

午後一時過ぎ、息子からの電話で「今、〇〇警察署」。三人が死んでしまったこと、側にT君がいてくれていることなど、手短に伝えられた。

T君は、ゆき子さんの妹の夫である。

私は動転する気持ちを何とか抑えながら、たった今、ゴルフ練習場に出かけた夫に連絡しようと番号を探しかけたが、それももどかしく、代わりにO先生に電話をかけた。午前中に先生のご自宅に伺ったばかりであった。O先生は十五年ほど前に、私がメンタルヘルスの研修生の時にお世話になった、私の尊敬する精神科医だ。今朝の訪問は、日に日に弱っていくゆき子さんの病状についての相談だった。先生は「入院させた方がいいかな。私の知り合いにいい医者がいるから、あそこならゆき子さんのご実家にも近いし」と言ってくださった矢先のことだったのだ。

「先生、ダメでした」

「そうかあ」

先生の深い溜息を聞き、受話器を置いた。それから夫の出先に連絡。急ぎ、車で東京へ向かった。〇〇署に着いた時には、息子たちは帰った後だった。警察から状況説明があり、三人とも即死だったという。見ない方がいいと止められたが、三人の亡骸《なきがら》と対面する。そこは警察署の裏手《うらて》にある物置小屋のような建物だった。もうすっかり陽は落ち、裸電球だったのだろうか。ほの暗い中に、三人は置かれていた。テレビドラマで見るような、霊安室《れいあんしつ》のベッドの上に白い布を被せられ、安置されていたりはしない。

三人はそれぞれ裸のまま黒っぽいゴムに包まれ、板《いた》の上にまさに置かれていたのだ。この光景が、後《のち》に私を苦しめ続けることになる。二十二年たった今でも、何度も何度も思い返しては眠れなくなる。

怖かったね。痛かったね。寒かったでしょ。思いっ切り抱き締めたかったよ。でも、あの時は只々《ただただ》、呆然と立ち尽くすばかりで、声も涙も出なかった。

その夜、息子の家に戻った私は、残された息子が後追い自殺をしてしまわないかと、一晩中、彼を監視していた。絶望しかない彼の心中を思うと、一睡《いっすい》もできようはずもなかった。そして、その日から一ヶ月余り東京に留《とど》まった私には、怒濤《どとう》のような日々が待っていた。

二　葬儀まで

十一月二十四日。息子は朝から警察に呼ばれて出かけた。夫と二人、三人が飛び降りたという現場に向かった。そこには既《すで》にたくさんの花束やお菓子が置かれていた。幼稚園のお母さんたちが供えてくれたのだろう。現場は十四階建てのビルで、一階はスーパーになっており、上階はマンションであった。地面に薄《うす》く、血痕が見えた。私は足が震えて上階を見上げることはできなかった。ちょうどその時、幼稚園のお母さんらしき二人から声をかけられた。

「このたびは……お姑さんがキツイ人だったようですね。ご主人側のお墓には入れてもらえないらしいと噂していているんです」

などと言うではないか。私をゆき子さんの実母と間違えている。もう唖然としてしまったが、丁重にお礼を言って、その場を離れた。

その足で警察署に向かう。警察からは司法解剖が必要だと言われたが、私は「もうこれ以上傷つけるのはやめてほしい」と訴えた。

「しかしお母さん。これは殺人事件ですから」

えっ！　殺人事件？　無理心中は殺人事件なのか。そうなんだあ——。私は大きな衝撃を受け、絶句してしまった。

十一月二十五日。結局、解剖は行なわれずに済み、三人は斎場へ運ばれた。

十一月二十六日。娘夫婦が三人に会いに来てくれた。面会は、たくさんの遺体がまるで立体駐車場の車のように出て来る仕組だ。娘は、甥っ子たちをとても可愛がっていた。まだ娘が独身だった頃か。ソファーに寝転んで、二歳くらいのかいを、お腹《なか》の上に乗せ、何度も何度も高い高いをしている。そのたびに、かいがキャッキャッと声をたてて笑う。終いには二人で笑い転げていたっけ。二人の笑顔まで鮮明に浮かんでいるのに、なぜかぼんやりと夢の中にいるような不思議な感覚だったことを憶《おぼ》えている。

十一月二十七日。斎場にて荼毘に付す。わずかな親族のみ。場外には、幼稚園のお母さんたちが、何人も来てくださっていたという。ここでもまた、ゆき子さんの叔母《おば》に当るという人から、「お宅の息子が浮気でもしてたんじゃないんですか。ゆき子ちゃん、可哀相に」と憎々《にくにく》しげに言われた。私にはもう反論するエネルギーもなかった。

待合室でも二家族間の会話は一切なかった。そして、そこにゆき子さんの父親の姿はなかった。今日はもうお骨《こつ》になってしまうというのに、一度も娘と孫たちの死に顔を見ることもなく、最後のお別れにも来ない父親。私には理解できない人種だ。だが、この時の私の頭の中は、火葬の瞬間まで三人を一度も家に連れて帰ってあげられなかった後悔でいっぱいだった。解剖の一件があったにせよ、あっという間にこの斎場に運ばれ、お葬式になるなんて。半日でもいい。連れて帰ってあげればよかった。二人が生まれ育った大好きなおうちだったのにね。うちには、ミニカーもいっぱいあるのに。壁一面に君たちの絵が飾ってあったのに。ごめんね。ごめんね。と、ずーっと謝り続けていた。

三　人の噂

夫も息子も仕事に戻り、私一人の留守宅には弔問客は引きも切らず、幼稚園のお母さんたちは、毎日のように誰かが来てくださっていた。事件のことは当然、町中の噂になっており、原因は夫の浮気だったという話が、まるで真実かのようにまかり通っていた。

三人が飛び降りたマンションの住人が、「お母さん危ないよおー」と泣き叫ぶ子どもの声を聞いているとか。もう胸が張り裂けそうな、耳を塞ぎたくなる話も聞こえてくる。中でも極めつけは、「かい君はまだ生きていて、入院中ですって！」と。

えっ！　だって、大勢のお母さんたちが我が家の急ごしらえの祭壇にある白い布に包まれた三つの遺骨に手を合わせてくださったでしょ？　私にはあまりにも白すぎる、三つもの箱は目に痛すぎて、まともに見ることができず、いつも目を逸らしてしまうのだけれど。

それにしても人の噂とは……驚くとともに何だかバカバカしくさえなってくる。

警察の捜査も続いていた。嫌がらせのはがきは、彼らが亡くなった直後に警察に提出してあり、私たち遺族も何度か事情聴取に出向いている。犯人とおぼしき人たちも、何人か呼ばれたと聞いている。はがきは、ゆき子さんと仲の良かったAさんにも、六月九日に一通、その後にもう一通届いていた。これらもAさんが警察に届けている。彼女に届いたものは、「お前の娘も殺してやりたい」と脅迫的な激しい内容だったという。実は、同様のはがきは全部で九通もあったことを、私たちはずっと後に公表された幼稚園の文書で初めて知ることになるが、幼稚園は何か隠していると、Aさんが不審感を抱《いだ》いていたのは、このことだったのかと、その文書でやっと納得がいった。

幼稚園はおそらく、何としてでもこれらを隠蔽したかったに違いない。そして、九通に共通する指紋も筆跡鑑定も、犯人を特定するには至らなかったということで捜査は終了となってしまったのだ。

いやがらせのはがき

表面　住所……　おおきかいの母へ

裏面　アンタノコト、カナリムカツイテルヒト、オオインダヨ。オトナシソウナカオシテルクセニ、インケンナコトシテルンジャネエヨ、ブタオンナ。

という内容で氏名不詳、わざと書いたのか下手くそな字。何と稚拙《ちせつ》でくだらない！

こんな物で。……悔しい！

四　阿修羅《あしゅら》

十二月五日。警察から電話があり、

「三人のうちの誰かが、止めてあった自転車の上に落ち、自転車が壊れたので弁償してほしいと言っている。こちらの住所などは何も教えていないので、電話をしてください」

と言われた。私はすぐに電話を入れた。私はこういう者ですが、と名乗るか名乗らないうちに、

「どうしてくれるんですか。あれは三万円もした高級な自転車なんです。弁償してもらえますよね」

と一気にまくしたてられた。

年輩の女性の声だった。私は当然ご迷惑をかけたわけだから、弁償はむろんのこと、お詫びの気持ちも添えて送金するつもりでいた。が、しかし、このたびは……もなく、いきなりの物言いに猛然《もうぜん》と腹が立ってきた。

「分かりました。どれくらい乗ってらっしゃいますか？」

「二年くらいです」

「そうですか。じゃあ二万円でよろしいですよね」

「いいです」

あぁー、私たち遺族が、どんなにつらかろうと、苦しんでいようと、他人《ひと》は、何の傷みも感じないし、迷惑でしかないんだぁー。その日のうちに二万円を送金する。この一件から私は、闘争心剥《む》き出しの阿修羅と化していた。

十二月六日。私は幼稚園の一室で、犯人と対峙していた。多くのお母さんたちの情報からどう冷静に考えても、この人が犯人一味のリーダーだと確信していた。書いたのは別人か、みんなで面白半分で書いたのかもしれないが。

その人は、私の娘ほどの年齢のはず。浅黒い顔に化粧っ気はなく、少しいかつい感じで、とてもふてぶてしい態度だった。そりゃあそうだわ、険しい表情のおばさんから「あなたが犯人ですよね。白状しなさいよ」と、一方的に迫られているわけだから。私は「あなたが根も葉もないことを振れ回っていると、何人もから聞いている」など、私の知り得た限りをぶつけてみたが、

「そんなことしてません。私は何も知りません」

と言い募る。「そこまで嘘ばかり言うなら初めからテープをとっておくべきでしたね」と、私は冷たく言った。

「テープでも何でもとればいいでしょ！」と、相手は声を荒らげる。これ以上の進展は得られないと諦めるしかなかった。

自転車の一件と同類の人。自分を守ることに必死で、人の気持ちに思いを馳《は》せるゆ

とりなどないのだろう。こんな人の集団なら、嫌がらせのはがきも無言電話も、やりかねないだろう。話し合いにもならず、徒労に終わり、ほとほと疲れたが、負けてなんかいられない。私の中の阿修羅はますます衰《おとろ》えを知らない。

十二月七日。夜、一人の女性が訪ねて来た。三人とは、公園でよく会うので自然と子どもたち同士が仲良く遊んでいたという。子どもの名前しか知らないほどの間柄だったが、無理心中が町の噂となる中で、ここを探し当てて来たという。

事件については、新聞は小さな記事で実名は載せていない。テレビも現場を写しただけの短い放映だったと聞いている。まだ携帯電話も一般的ではない時代、今のようなネット社会だったならどんなことになっていただろう。

彼女は「かい君たちのママは、私ととてもよく似《に》た人だと思っていたので、どうしても他人事《ひとごと》だはと思えなくて」と声を詰《つ》まらせながら、話してくれた。

「かい君とりく君は、いつも両脇から、しっかりママを守っているように私には見えた」という。

夜遅くまで話し込んで、車の中で待っていたらしい夫と帰っていった。私は形見にと思い、生前、ゆき子さんにあげた、小さなトルコ石のペンダントと、子どもたちのおもちゃを貰っていただいた。お幸せにね。

ゆき子さんは、おそらく子育てにも疲れていたのだろう。人づき合いは苦手な質《たち》だったから、ママ友達との関係もきっと大変だったのではないだろうか。

五　泣き女

十二月十二日。私はあの日から一度も泣いていない。葬儀の日さえ、泣かないと決めていた。息子を前にして、泣くことなどできようか。でも、もう限界だった。あそこなら泣けるかもと思った私は、泣く場所を求めてバスに乗り、私の好きなあるお寺に向かった。まだ幼かった孫たちが石段を這《は》い登っていた場所だ。

平日の昼間なのに予想外に人出は多く、外国人観光客らしい姿もあった。本堂に上がると同時にもう涙が溢れそうになる。必死でこらえながら、急いで裏手の墓地に廻《まわ》った。

幸い人影はなかった。一気に溢れ出る涙を拭《ぬぐ》いもせず、お墓の間《あいだ》をずんずん進む。ぐるぐる、ぐるぐる。小一時間も歩きまわっただろうか。はっと我に返った。

この日を境に、こんなにも大量の涙が私のどこに隠れていたのだろうと思うくらい、毎日毎日泣いた。子どものように声を上げて泣くこともあれば、ただ、ぼうっと窓の外を見ているだけなのに、気がつけば涙が流れていたこともあった。

阿修羅の次は、泣き女かあ。笑っちゃうね。自嘲しながらも、またも大粒の涙が零れ落ちた。

六　親子

十二月二十三日。三十五日法要を営む。

ゆき子さん側からは、兄と妹さん夫婦が出席してくれた。両親は来なかった。

その夜、息子が座り直し、きちんと居ずまいを正して、こう言ったのだ。

「お父さんもお母さんも、今まで真面目に生きてきたのに、今回俺のことで、こんなにも悲しい思いをさせてしまって、申し訳ない。ごめん。でも俺は死なないから。あいつらの分まで頑張って生きていくから。お父さんもお母さんも元気で見ていてほしい」と。

あぁ、この子は死なない！　よかったぁー、生きていてくれるだけでいい。事件から今日まで、私はこの子を守らなければと、ただそれだけを考えていた。生きてさえいれば再び平穏な幸せな日が来る。きっと来る！　それをともに喜べるのは、私たちしかいないのだから。私がどれだけ安堵したことか。この日の彼の一言一句を、しっかりと記憶している。

この日までずっと慌ただしい日が続き、家族でゆっくり話す時間もなかった。多分、お互いにつらすぎて事件に触れるのが怖かったのだと思う。この夜は親子三人で色んな話をした。

三人が亡くなる前々日、息子から「明日は大事な会議があって、会社を休めない。不安定なゆき子が心配なので、見守りに来てほしい」という電話があった。しかし、私は「そんな状態なら実家のお母様の方が甘えられると思うし、きっと気が安まるのではないか？　もしダメなら、私は行けるから」と返事をした。結局、母親が行ってくれた。亡くなる前日だ。

息子は夕方、大急ぎで帰宅したそうだ。

「あーちゃん（おばあちゃん）は？」

「さっき帰っちゃったよ」とりく。

キッチンではゆき子さんが包丁を握ったまま、ぼうっと立っていたという。夫（ゆき子さんの父親）が帰って来る時間だからという理由で帰ったそうだ。あれほど、「僕が帰って来るまでいてください」と頼んであったのに。息子は愕然としたという。

それでも私は、母娘水入らずで一日編物をしたり、子どもたちと遊んだりして過ごしたと聞き、ゆき子さんは、最後のお別れができたのかもしれない。やっぱり私じゃなくてよかったのでは、と思った。

生前、ゆき子さんは、父親にはいつも敬語で話していたという。初めて聞く話だ。

息子たちが結婚する前。二家族の顔合わせの席で父親が「私は寺の次男でしてね。寺と言っても九州の田舎の貧乏寺ですよ」などと話していたことを思い出す。当時、彼は大企業の役員で、快活な話し方に私は、好人物の印象を持ったが、ゆき子さんにとっては、怖い存在だったのだろうか？　うちの夫など、娘にはとても甘いけれど。

息子の話を聞きながら、なぜか私の中の阿修羅が再びざわざわと騒ぎ出す気配を感じていた。

数日後、連絡する必要に迫られ事務的に要件だけ、と決めて、ゆき子さんの実家に電話をした。電話に出たのは父親だ。まずい！　と思ったが、やっぱり阿修羅復活《ふっかつ》！

「どういうつもりですか？　お葬式にも来ず、未だに仏前にも一度も手を合わせていないなんて。それでもあなたは父親ですか」

等々、散々詰《なじ》ってしまった。しかし、のれんに腕押し。反論もなく、最後に一言、

「お墓ができたら行きますよ」

と言った。もう拍子抜けしてしまった。彼は社会的には地位もあり、立派な人かもしれないが、つらいことには向き合えなくて、逃げてしまうタイプなのか？

でも、よくよく考えてみれば、彼らは娘も孫たちもすべて失ってしまったのだ。三

人とも、もう二度と戻っては来ない。私たちの息子はまだ生きている。喪失感は彼らの方がもっと大きいのではないか？　これは私の考えすぎかもしれないが、ひょっとしたら、自分の娘が、子どもたちを道連れにしてしまったことで私たちに顔向けできないと思っているのか？　色々と思い直してみるが、本当のところは分からない。

亡くなる一週間くらい前だったと思うが、と息子は言う。

「私死のうと思っている。もう場所も決めている。でも怖いから、一緒について来てほしい」

とゆき子さんが言ったという。

「何をバカなことを言ってるんだ。子どもたちのことを考えろ！」と怒ったそうだ。

「あの時、否定しないで、あの場所までついて行ってやればよかった」と息子は言った。

心療内科を受診させ、薬ももらっていたが、薬を飲むと朝起き上がれなくて、子どもたちのお弁当が作れないからと、飲まなかったらしい。一番近くにいた息子は何もフォローしなかった。その彼のサポートを、私は何もしなかった。きっと元気になると信じて、どんどん弱っていく彼女を心配するばかりで、結局、何の手だてもしなかったではないか。彼らを責める資格など、私たちにはない。

激しい自己嫌悪に続いて、悲しい、苦しい、虚しい、悔しい、やるせない、どんな言葉でも言い尽くせない、すべてがない交ぜの、どうしようもない寂寥感《せきりょうかん》のようなものが私を襲《おそ》ってきた。

七　保護者会

十二月三十日。私は、保護者会会長宅へ電話をした。

嫌がらせのはがきが届き、その後、毎朝登園前に無言電話がかかってきたこと、常に誰かにつきまとわれていると感じ、実際二度わざとぶつかってこられ、恐怖にかられていたことを、ゆき子さんは家族に訴えていた。これらが三人が亡くなった大きな要因であるのは間違いない。

彼女は何よりも子どもたちに危害が及ぶことを恐れていた。こんな卑劣な行為を繰り返す人物が、彼らが死んでしまった今も保護者の中にいる。このことを速やかに保護者全員に周知し、子どもたちの安全を図ることを共有すべきだと、息子は何度も園にお願いしてあった。しかし、文書での通達もなく、保護者会も開かれず、園長は、

「ご遺族が、そっとしておいてほしいとおっしゃっている」と、言ってもいないことを理由にして逃げていた。

この時期は、ちょうど来年度園児募集中であり、評判が落ちるのを恐れてのことだったろうと思う。

公表するよう迫ったAさんに対し、園長は、「そんなに信頼していただけないなら、退園してくださっていいんですよ」と言ったという。

何という軽率な発言だろう。その後、Aさんは確か、卒園を目前にして、園を辞められたのではなかったか？　また別の保護者も何人かが園長に詰め寄った時、今度は、「私は職員を守らなければならない」と言ったそうだ。

またまた、何と軽率な！　園長はこの園を含め、複数の学園を経営する理事長の妻だ。

当時、私より十歳くらい年輩で、堂々《どうどう》とした感じの人であった。園の先生たちのことは、孫たちは大好きだったけれど。

「職員を守る？　即ち園の安泰ということですね。本音でしょうが、仮にもあなたは園長先生ですよ。たとえ建前《たてまえ》であっても『私は、お預かりしているお子さんたちを、全力で守ります』くらいのことはおっしゃらなければ。本来、それこそが園長としての最も重要な責務と肝に銘じておくべきでしたね」と言いたい言葉をその後もすべて呑み込んだが。全く愚かな人だ。こんな人が園長では埒《らち》が明かないから、保護者会会長に電話をしたのだが。

電話に出たのは会長の夫だった。この日のやり取りも、当時の日誌に克明に記録してあった。会長の夫いわく、

「犯人が保護者の中にいるというのは、あなたが言っているだけで、そうではないかもしれない。園と保護者の関係が円滑にゆき、子どもたちの教育を考えていくのが役員の役割であって、あなたに協力する考えはない。カミさんが会長を引き受ける時、

郵 便 は が き

料金受取人払郵便

新宿局承認

7553

差出有効期間
2024年1月
31日まで
(切手不要)

1 6 0-8 7 9 1

141

東京都新宿区新宿1－10－1
(株)文芸社
愛読者カード係 行

お名前《ふりがな》			明治 大正 昭和 平成	年生 歳	
ご住所《ふりがな》	□□□-□□□□			性別 男・女	
お電話番号	(書籍ご注文の際に必要です)	ご職業			
E-mail					
ご購読雑誌(複数可)			ご購読新聞 新聞		

最近読んでおもしろかった本や今後、とりあげてほしいテーマをお教えください。

ご自分の研究成果や経験、お考え等を出版してみたいというお気持ちはありますか。

ある　　ない　　内容・テーマ(　　　　　　　　　　　　　　　　)

現在完成した作品をお持ちですか。

ある　　ない　　ジャンル・原稿量(　　　　　　　　　　　　　　　　)

名				
買上 店	都道 府県	市区 郡	書店名	書店
			ご購入日	年　月　日

書をどこでお知りになりましたか?

1.書店店頭　2.知人にすすめられて　3.インターネット(サイト名　　　　)

4.DMハガキ　5.広告、記事を見て(新聞、雑誌名　　　　)

の質問に関連して、ご購入の決め手となったのは?

1.タイトル　2.著者　3.内容　4.カバーデザイン　5.帯

その他ご自由にお書きください。

(　　　　)

本書についてのご意見、ご感想をお聞かせください。

①内容について

②カバー、タイトル、帯について

弊社Webサイトからもご意見、ご感想をお寄せいただけます。

ご協力ありがとうございました。

※お寄せいただいたご意見、ご感想は新聞広告等で匿名にて使わせていただくことがあります。

※お客様の個人情報は、小社からの連絡のみに使用します。社外に提供することは一切ありません。

○○家としての方針を話し合ったうえで受けたので、これは○○家としての意志です。あなたは自宅に電話をしてきているのだから、私が出てもいいでしょう」
そう言って、会長に代わった。

「今、主人が言いました通り、そういうことですから」

「犯人は確かに保護者の中にいる。今後も同じようなことが起きるかもしれない。そんな危険な人物が園の中にいるという怖さはないんですか？」

「そんな人間、どこにでもいっぱいいる」

「冗談じゃない。もっと真面目に、起こったことに対処する気はないのですか」

「ありません」

電話は切れた。

一月六日。今日は孫たちの誕生日だ。生きていれば満六歳を迎えられたはず。私たちにとっては初孫だ。こんなにも愛しい存在が他にあろうかと思うほど、大切な宝《たから》だった。

今さら、そんな詮ないことを言ってみても……もうどうにもなりはしないのだ。切ない。

一月七日。息子の狭いマンションに、Aさんをはじめ、十六人の保護者有志が集まってくれた。みんな一様に、幼稚園に対する不信感が募っていた。約束した文書の公表も、話し合いを決めていた日時も、再々延期や中止となり、計四回、約束は反故《ほご》にされている。

今度は口頭ではなく、きちんと文書で署名も提出することになる。一月二十日には、息子も園に出向いた。結果、やっと一月二十九日に、文書として保護者全員に配布された。この頃にはもう、来年度入園児の目途も立っていたということかと邪推したくもなる。

保護者の皆様へ

年長ひまわり組に通っていた、大木かいくん、りくくんと、お母さんのゆき子さんが、昨年十一月二十三日に無理心中するという、痛ましい事件がありました。三人のご冥福をお祈りすると共に、この事件について、園が知っている事実をお知らせ致します。

昨年九月下旬に、ゆき子さんに嫌がらせのはがきが届き、宛名が「おおきかいの母へ」となっていたため、園にはがきを持って相談にいらっしゃいました。園はとりあえず「子どもを注意して見守る」ということで対応しました。

はがきは、ゆき子さんを中傷したもので、宛名以外、全文カタカナで書かれてありました。

実は、三年前に、年少組に入園予定のあるお子さんに対して、「ひどい子どもだから入園させるな」という文書が園に届き、その後、そのお子さんが入園した後は、そのお子さん宛に、脅迫状と言えるほど、ひどい内容の手紙が三通届きました。園はこれらの手紙を警察に提出し、捜査を依頼しましたが、犯人は見つかりませんでした。園としては、手紙を受け取られたお子さんの安全も考え、保護者の皆様にこの事実を公表しませんでした。

また、一昨年、昨年にわたって、もも組、ひまわり組のあるお母さんに、中傷、嫌がらせのはがきが届くという事件がありました。

この時も園としては、お子さんを注意して見守る以外はできませんでした。ゆき子さんが園に来られた時には、これらの一連の事件については、お話ししませんでした。

あの時「過去にも同じようなトラブルがあり、トラブルを起こした人が同じ学年に居ます」と一言言って差し上げていれば、ゆき子さんも、どんなに楽だったことかと悔いています。

その後、ゆき子さんに対しては、複数の人たちが幼稚園の送迎の際に、つきまといや、故意の体の接触などの嫌がらせ行為をし、無言電話も数日間あったと聞いております。

園としてゆき子さんへの嫌がらせに対し、もっときちんとした対応を取るべきだったと反省しています。脅迫状、嫌がらせのはがき（わかっているだけで合計九通あります）には、共通点が多く、同一人物（複数の可能性あり）によるものと思われます。

また残念なことですが、当園の園児のお母さんである可能性が高いと思われます。

園としては、このような行為をなさったお母さんが心の底から反省し、自ら名乗り出て謝罪し、悔い改めて頂くことが、最も望ましいと思います。是非名乗り出て、良心の呵責を減らして下さい。保護者の皆様が犯人探しのような行動を取られることは、混乱を招き、園児たちにも影響しますので、慎んで頂きますようお願い申し上げます。

○○○幼稚園、園長、○○○子

八　書くということ

書くことの難しさに、たびたび手が止まる。親しくしていた小説家の大先輩が「私小説はとても難しい。私など親戚中から恥さらしと言われ、未だに絶縁状態、針のむしろですよ」とおっしゃっていたことを思い出す。それでも書くのは、きっと強い信念と覚悟を持っておられたのだろう。○○文学賞にも輝いた人だ。教えを請いたいが、その彼女ももう鬼籍《きせき》に入られて久しい。私にそれほどの強い信念や覚悟はあるのか、これを書くことにどれほどの意味があるのか。

クローゼットの奥の方から、当時の日誌や手紙、小さなメモなどの束を引っ張り出す。

香典の額や供物の品名、返礼の品々も、詳細に記録してある。葬儀社の明細書や火葬証明書まで出てくる。ご遺体保管料〇〇万円、御柩代〇〇万円、ドライアイス六十キログラム……。もう胸が苦しくなってくる。

事件から四年後、再婚した息子は今、家族四人穏やかに幸せに暮らしている。お嫁さんはきっと、そっとしておいてほしいと思うだろう。そして、誰よりも深手を負った息子の傷口を再び抉《えぐ》ることにならないか。今更、犯人や園を糾弾するつもりなど、毛頭ない。あの頃のあどけなかった園児たちもみな大谷翔平君と同じ二十七、八歳の青年たちだ。それぞれに自分を輝かせて生きてほしいと心から願っている。

ならばいっそ、すべてをシュレッダーにかけてしまおうか。いや、それもできない。二十二年たった今も、ＳＮＳなどによる誹謗中傷は後を絶たず、それを苦に自死してしまう人がいる。だからこれは私の使命だなどと思っているわけでもない。こんな事件があったことを、何らかの形で書き残して置きたいのだろうか？　それとも、ただ書きたいから書く？　伝えたいメッセージがあるから書くのだから、それも違う。誰に何を伝えたいのか？　読んでくれた誰かに委《ゆだ》ねるしかないではないか。語彙力《ごいりょく》の乏しさに加え、信念も覚悟も決まらないまま、揺れ動く気持ちと未だに葛藤している。

再び筆が止まってしまう。

九　生命《いのち》

ゆき子さんは色が白くて清楚で可憐という表現がピッタリで、おとなしくて、どこか寂しげな感じのする人だった。我が家の四人はみんなよく喋る。中でも私が一番うるさいかも。

「自己主張ができないと、うちじゃあ生き残れないよね」と笑い合うような家族に、彼女はきっとびっくりしたことだろう。

私はそんな彼女に、「もううちの娘なんだから遠慮《えんりょ》はなしね」「二人も生んで育てているんだから、ここでは大威張りしてなさいよ」などとよく言ったものだ。

我が家にもなじんでくれて、海外出張の多い息子が留守中も、三人で我が家に来て過ごすことが多かった。うるさい私たちのそばで、いつもニコニコしている人だった。

かいとりくの二人は車が大好きで、走っている車とすれ違っただけで、「あっローバーだ」と車種が分かる。車の特長をよく見てよく知っていた。

特にりくは記憶力に優《すぐ》れた子だった。子どもが幼い頃、大抵の親は、無垢《むく》な子どもの豊かな感性や発想のおもしろさに「ひょっとしてうちの子、天才じゃないかしら」と思うものだ。バカ親は困《こま》るが、親バカはとてもいい。ましてや、じじばばバカはもっと許されていいと、私は勝手に決めている。

海にもいっぱい行ったね、花火もしたね。水族館にも動物園にも、遊園地でゴーカートにも一緒に乗ったよね。双児だからお母さんは一度に二倍大変だけれど、私たちはそれ以上、三倍も四倍も楽しませてもらったと思う。思い出は尽きない。

亡くなる一ヶ月ほど前の、十月九日は、彼らにとって幼稚園最後の運動会だった。運動会の準備に忙しく立ち働くお母さんたちの中に、青白い顔をしたゆき子さんを見た。

最後の競技は、三段の組体操だ。一番上の段で一番小さなかいが、高々と両腕を広げた。その表情は真剣そのものだ。一番下の段では、りくとお友達が懸命に支えている。みんなの必死の形相がほんとに可愛かった。大きな拍手が湧き起こった。その日、六人で夕食に出かけたが、孫たちはまだまだエネルギー満杯で、

「すいませぇーん。お水くださぁーい」

「おっ。坊やたち元気だなあ」

と知らないおじさんがニコニコしながら誉めてくれた。ゆき子さんは頭を下げながら少しだけ笑っていた。これが私たち夫婦と三人との最後の別れになってしまった。

ゆき子さん享年三十四、かいとりくの二人は六歳にも満たない短い生命《いのち》だった。

けれど、三人は確かに生きていた。精一杯に生命を輝かせて。

十　裁判

ここに私が書いたメモがある。書いた記憶もないが、おそらく息子の家のテーブルの上にでも置いて帰ったものだろう。

「このことについては、パパは反対のようです。たとえ少々の示談金が取れたとしても、それはまた心苦しいことになる。相手ばかり責めるには、適切な対処をしなかったこちらに非がありすぎるとの意見です。犯人が見つかって訴えることができれば一番いいのですが。私も園に対しては、かなり悔しい思いをしたのも事実です。訴えたい気持ちもあるけれど、あなたの思うようにとしか言えません。一応、私たちの気持ちだけ伝えておきます。　太枝」

しかし、息子は踏み切った。私には、じっとしていられない彼の気持ちが痛いほど伝わっていた。

通告書と題して、Ａ４判七枚の文書がある。学園理事長に宛てて、通告人は息子の名前。代理人として弁護士が作成したものだ。日付は平成十四年一月二十一日、三人が亡くなって一年以上が過ぎた頃だ。

抜粋するが、まず「氏名不詳者による脅迫文に始まり（三人の名前）を、無理心中に至らしめたこと。幼稚園は、まだ、かいとりくが入園を検討していた頃、既に最初の脅迫事件があったにも拘らず、何の説明もせず、十二年九月にゆき子が幼稚園に相談に行った際にまで過去の脅迫事件を隠蔽《いんぺい》した。未成年者に対する教育機関の設置は、園児や生徒の心身に、違法な侵害が加えられないよう、配慮すべき注意義務がある。貴園は、どの段階に於いても犯人による物理的、心理的加害と防止を怠り安全義務違反による債務不履行、及び不法行為に基づく慰謝料《いしゃりょう》としては、金六〇〇〇万円が妥当と解される由、速やかにお振り込みください。一〇日間を過ぎても貴園に誠意的対応なき場合は、やむ得ず、法的手続きを開始せざるを得ない。最後に十一月二十三日は三人の命日です。通知人が未だ癒されぬ思いの中で、この日を迎える事に、思いを寄せていただければ幸いです」と結んである。

そして裁判になる。私たちは裁判について何人かの専門家の意見も聞き、勝訴はかなり難しいことを充分承知していた。

判決の日は、事件当初からずっと寄り添ってくれていた保護者の一人が同行してくれた。この日まで本当にありがとうございました。

ここに、判決文書が見当らないのが残念だが、息子がもう処分してしまったのだろうか。

判決文はおそらく、幼稚園は安全義務を著《いちじる》しく怠ったとまでは言えない、というようなものだったのだろう。これで事件のすべてが終わった。

私たち遺族の心の整理などに関係なく、すべてが終わったのだ。

十一　いのちの電話の仲間たち

私は三人が亡くなる十年以上も前から、いのちの電話のボランティア相談員として活動していた。いのちの電話は、文字通りいのちを守る自殺防止のための電話相談機関であり、全国的な、いや、国際的組織である。

二十四時間眠らない電話として、深夜の電話担当もする。特に深夜は、「死にたい」と訴える電話が多い。一度に大勢がかけてくるため繋がらないことも多く、相談者もよく知っているのか、関東周辺のいのちの電話を、短縮ダイヤルにしているらしい。「やっと繋がりました」という声をよく聞く。時には京都や岡山などからかかってくることもある。しかし、深夜はセックステレフォンと呼ぶ卑猥《ひわい》な電話や、明らかに作り話と思われるような身の上話などをしてくる人もいる。立て続けにそんな電話が入ったりすると、夜中に眠らないで対応している私たちとしては、虚《むな》しくなって力が抜けてしまうが、たくさんの人が待っていますからと、早目にお断りする。しかし、孤独な人が多いことに胸が痛くなる。

こんなことをもう十年以上も続けていたのに、なのに……「家族も救えないで！研修、研修って何を学んできたというの。何がいのちの電話よ」と激しく自分を責め続ける結果になってしまった。ほんとにまったく、何も解ってやしないくせに、何と傲慢《ごうまん》で未熟であったことか、つくづく思い知らされた。いのちの電話に打ちのめされて、しかし、そんな私を救ってくれたのも、いのちの電話の仲間たちだった。

当時三百五十人ほどいた相談員は仕事をしている人も多く、看護師や教員などもいた。彼らは、昼間働き夜間の担当まで熟《こな》す。私には眩しいくらい、輝いて見えた。同期の一人に、夫の弁護士事務所を手伝っている人がいた。彼女には裁判についての相談にも乗ってもらい、とても心強かった。また、別の仲間は、警視庁に勤める夫に引き合わせてくれ、彼にもずいぶん助けられた。彼らはすぐに快く動いてくれ、親身になってくれる人たちばかりで、今も心から感謝している。

中でも同期生の存在は大きかった。具体的な何かということではないが、心のサポートのベテラン揃いで、実に見事！　遠すぎず、近づきすぎず、絶妙な距離を心得ている人たちだ。彼らは、いつも私のことを見守ってくれている。必要ならばいつでも駆けつけて助けてくれる。いつまでも待っていてくれる。そう信じられて、大きな安心感があった。

その頃はまだ活動を休止していたが、その日はたまたま事務局にいた。誰かが通りすがりに私の肩をポンポンとたたいて行く。「待ってるからね」「ありがとうきっと元気になるから、待ってて」と、私たちはまなざしだけの会話をした。それだけで目頭が熱くなったことが忘れられない。

相談員は、バザーやコンサートを開いて、活動のための資金集めもする。ある相談員のエピソードに感動したことを思い出す。彼女はお母様の介護のために活動を中断していたが、何も協力できないのは心苦しいからと、介護の傍ら、チクチクと手縫いで枕《まくら》カバーを何枚も仕上げてバザーに出品してくれたのだ。その人が誰なのかは未だに知らないけれど、丁寧に縫ったそのカバーはきれいで丈夫で、私は今も愛用している。本当に頭が下がる。また、私たちの研修を担当してくれた先輩は旧満州からの引き揚げ者で、「私はまだ幼かったので遠い記憶しかない」と言いながら、先頃、満州での生活や引き揚げ船の中で見た悲惨な光景などをまとめ、冊子を完成させ、親しい人たちに配ってくれた。

いつもの素晴らしい文体はもちろんだが、それ以上に私は彼女がたくさんの資料を読み込み、激動の時代の背景や政治情勢や事件なども正確に書き込んでいることに驚いている。

後半は引き揚げ後の広島での生活を書くというので完成が待ち遠しい。そんな彼女から学んだことは数知れない。いつも変わらない温かな人柄に何度も救われた。辛苦を味わってきた人だが、そういう人だからなのか？　とても優しい。そして強い。

私にはもう一人、大切な友達がいる。それぞれの子どもたちが幼稚園の頃からのママ友達だから、今ではもう五十年？　半世紀にもなるのか？

二人でよく旅もする。北海道、四国、紀伊半島、そうそう高野山への旅は思い出深いね。彼女は事件の時の私の混乱ぶりを静かに見守ってくれた人だ。

「あの子が一人で泣いていると思うと、眠れない」と、何度も一緒に泣いてくれた。彼女にとって、私の息子はどんなにおじさんになっても「あの子」だ。私にとって彼女の娘たちは、いくつになっても「あの子たち」だから、お互い元気で長生きしようね。

事件後間もないある日、電話で「お孫さん亡くなったんですって？　どういうことなの？」とあからさまにズバズバ聞いてくる人がいた。神経を逆なでされるようで痛みが走る。あるサークル仲間で、もう二十年以上もつき合いがある人だったのに。

また、ある時、スーパーで大きく手を振りながら近づいて来る人がいた。「あらぁ、元気？　大変だったみたいねぇ」と、人ごみで大きな声で話しかけてくる。この人も子どものＰＴＡからのつき合いだから、やはり二十年以上だ。一緒に鎌倉などを散策したりした楽しい仲間の一人で私は親しい友人だと思っていた。しかし、何というデリカシーの欠如！

そして私はこの頃、何人かの友人から離れた。人は、心ある人と心ない人に二分されることを、はっきりと知ってしまった。

事件がなければ知らずにいたのだろうか？　私の成長なのか？　何だか悲しいなあ。

十二　カウンセリングルーム

事件から二年後の春、私は、O先生の後押しもあって、小さなカウンセリングルームを開くことになった。O先生は患者さんたちから赤ひげ先生と呼ばれていたような人で、こんなエピソードもある。一時期、住む所もない患者兄弟を、ご自宅の敷地内にプレハブを建てて、面倒を見ておられたのだ。周囲から「何でそこまで？」と言われると、「出会ってしまったからね」と笑っているような人だった。

先生は、相談室（カウンセリングルーム）開設からちょうど十年間、私たちカウンセラーの指導をしてくださり、病で逝かれた。

驚いたことに、亡くなられる前にご家族に小切手を托してくださっていた。相談室の今後の運営までも心配してくれていたのかと思うと、胸が詰まり、感謝してもしきれない。

そんなご恩のある先生の墓前にまで、私は今も近況報告と称して、結局は愚痴を聞いてもらいに行く。こんな時、先生ならどうされるだろうと相談に行くのだ。

設立に当たり、私は悩んだ。カウンセラーとしての資格は取得していたが、臨床《りんしょう》などまったく経験がない。面談相談など、こんな未熟な私には恐ろしいこと、とても無理だと思っていた。しかし、今やらないでどうする！　やるべきだ。今のあなたならできる、と自分を責めたてる自分もいた。あれは、あの時の勢いというしか言いようのないものだったと思う。きっと、亡くなった三人が背中を強く押してくれたのだと思わずにはいられない。そして、これは彼らを救えなかった私の償《つぐな》い、私の贖罪《しょくざい》とまで思い詰めて、悲壮な決意を固めていた。今考えると、何でそんなに肩に力が入っていたのかと可笑《おか》しいが、やっぱりその時の勢いという他はない。幸い趣旨に賛同してくれる人たちが、場所の提供や資金集め等、さまざまな苦難を分担してくれ、ポケットマネーまで出し合ってくれた。こうしてＮＰＯ法人というかたちで、こころの相談室開設に至った。Ｏ先生をはじめ精神科医二名、カウンセラー四名、保護士や社会福祉協議会のメンバーなど十六名で、全員ボランティアとして活動することを決めた。不安の中でのスタートだった。

相談室は、開設すると、すぐに次々と予約が入ってきた。ＤＶや児童虐待など、生命《いのち》に関わるケースもあるが、ご近所トラブルや遺産争いなどもあり、神経症やうつ症などの病気も多い。平成二十七年にひきこもり自立支援の活動が認められて内閣府の表彰を受けたことで、今では少しは知られた相談室になってきたが、地域の万《よろず》相談所に変わりはない。開設間もなくして気づいたことだが、クライアントさんの中にゆき子さんに似た人が実に多い。優しくて頑張り屋で人の顔色を窺って自分は我慢してしまうから、しんどくなってくる。他軸《たじく》で生きてきた人たちだ。私の人生、私が主役で生きなきゃあ。しかし、幼い頃から身についてしまった考え方の癖《くせ》は簡単には変えられない。

でも、生きづらさに気づいたなら、明日からはもっと自分を大事に、もっと楽しんで生きる術《すべ》を知ってほしいと思う。日本人の自己肯定感は、アメリカ人七〇パーセントに対して、三〇パーセントというデータもあるほど低い。風土的な要因もあるとは思うが、人格形成までの教育ではないだろうか。

特に乳幼児期における愛着形成は、その後の人生を大きく左右してしまう。今、長引くコロナ禍により仕事を失ったりして生活に困窮する人たちが確かに増えている。しかし、コロナ以前からこんなに豊かに見える日本でも、毎日の食事にさえ事欠くようなケースはあった。

話を聴いてしまったら、千円の相談料もいただくわけにいかなくなる。お米やりんご、お菓子などの食品を詰めて手渡すこともある。

一方で別のクライアントさんがポンと、一、二万円の寄付を置いていってくれることもある。生活保護に繋げたりもする。シングルマザーも多い。

ある時、夫からのＤＶ被害者をまだ数ヶ月の赤ちゃんと一緒に一時ホテルに匿《かくま》ったことがあった。その後、彼女はシェルターへ入居した。そして今は、子どもと二人で穏やかに暮らしている。

このようにさまざまなケースがあるが、私はこの相談室が大好きだ。ここにいられることが嬉しい。大変な悩みを抱えた人たちが来るというのに何を能天気なことをと思うかもしれないが。クライアントさんは大抵、思い詰めた暗い顔で入ってくる。でも、話し終わる頃には少し頬が緩んでいるのが分かるから、私は嬉しくなる。苦しい胸の内を吐き出しただけで、事態は何ら変わらなくても、背負っていた荷物は少しだけ軽くなったのだ。

これは私の力なんかじゃない。私はただ、重い荷物の端っこを、ちょこっと持ってあげただけ。そこからその人自身に内在している力が動き始める。こんな瞬間を共有できるのが一番嬉しい。そして、いつだって私がクライアントさんから教わることの方が多い。クライアントさんたちはよく「もう奈落の底ですよ」と言う。

私は「奈落の底にはダイヤモンドの原石がゴロゴロ落ちているから、それを拾ってきて！　地上に戻ってきたら、その石を一生懸命磨《みが》いてほしい。必ず美しく輝きだすから。それは奈落の底に行った人だけの特権だからね」と決して口に出したりはしないが、心の中で声援を送っている。

ずーっと昔、ある小説家の講演会に行った時、その作家が著書《ちょしょ》にこう認《したた》めてくれた。「その火《ひ》を消すな　どんどんどんどんどん焚《た》き木《ぎ》をくべろ」と。

私はとても良い言葉だと心に刻み、折にふれ自らを鼓舞してきた。

こころの相談室は、今春、設立二十周年を迎えた。さあ、もっと焚き木を集めてこなくちゃあ。

十三　慈雨

慈雨とは、広辞苑によると「ほどよく物をうるおし育てる雨。」とある。この、ほどよい、というのがとてもいい。そして今日、四月二十日は二十四節気のひとつ、穀《こく》雨《う》だ。

甘雨ともある。春雨が降って百穀を潤す。ちょうど朝から雨が降っている。花や木や動物たち、生命《いのち》ある者すべてに等しく降り注ぎ、生きる力の源となる。春は芽吹きの時。大地に一粒の種が落ち双葉が出て、やがて花が咲いて実を結び、また種子が落ちる。生命は生命を繋いでいく。

ほんの一週間前は、舞い散る桜の花吹雪がほんとに綺麗だった。だが、私は彼らが亡くなった後、数年間は、春が大嫌いだった。暖かさに誘われてゾロゾロと人が外に出始める。誰にも会いたくなんかない。何で春なんか来るの。恨めしくて春にまで腹を立てていた。目眩《めまい》がするほどに美しく咲き誇る桜が悲しかった。年が明けて春になればピッカピカの一年生になるはずだった二人。私たちが買ってあげると約束していたランドセルは見るのもつらすぎて、売り場の前は避けて通った。あんなにも春を憎んだり、悲壮なほど決意していたこともあったのに、あれは一体何だったのか？　今はすっかり肩の力も抜けて、咲き誇る桜にも、舞い散る桜吹雪にも、素直な気持ちで「今年もありがとう」と言える。

私の心に雨が降る。静かに優しく、慈しむように降り注ぐ温かい雨。慈雨だ。乾ききって今にも倒れそうな私を潤し、根っこまで沁み込んでくる。やがて、ゆっくりと起き上がる力が漲《みなぎ》ってくる。慈雨。それは愛だから。それは惜しみなく、あふれるほどに降り注いでくれた、今は亡き両親の愛だったろう。大地にしっかりと降ろした私の根っこだ。またそれは私の家族であり、私が大切に思う人たち。今日まで私には幾筋もの慈雨が降り注ぎ、どれほど癒やされ、助けられ、励まされ、育まれてきたことだろう。この先は私自身が大きく枝葉《えだは》を広げ、たわわな実を実らせなければと思う。

今、世界はロシアのウクライナへの侵攻によって悍《おぞ》ましい殺りくが繰り返され、世界中を震撼《しんかん》させている。こんなことが許されるのか？　これが戦争というものなのか？

路上に転がったままの遺体がテレビに写しだされる。子どもたちの不安げな瞳が胸を刺す。あまりにも酷《むご》すぎる。

戦争や災害、事故や事件、あるいは自死で、突然大切な人の命が奪われてしまったら、その時から残された人たちの苦しみが始まる。そしてその深い悲しみ、苦しみは、決して忘れられるものではない。死ぬまで抱えて生きていくことになるだろう。ならば、大事に抱えて生きていけばいい。きれいな小箱に入れて、好きな色のリボンをかけて心の奥にしまっておくのはどうだろう？　実際に戸棚の奥に入れておくのもいい。

小箱の中は空っぽでもいい、目に見えない大切な物がぎっしり詰まっているから。思い出の品やその人に宛てた手紙を入れるのもいいね。時々リボンをほどいておしゃべりするといいと思う。まだまだつらすぎるなら、またリボンを結び直してしまっておこう。私はかいとりくが拾ってきたどんぐりを捨てられず、大切に小箱に入れていたけれど、さすがにどんぐりは庭の土に返した。今小箱には三人のとびっきりの笑顔の写真を一枚だけ、あの日と同じ、真っ青な空の色のリボンをかけて大事にしまっている。

今、私は五人の孫たちに恵まれた。どの子もみんな愛おしい。どの子もみんな、私たちじじばばに、とても優しい。彼らがこの先どんな人生を歩むのか、見届けることはできないけれど。

困難なこと、理不尽なことも必ずある。みんなそれぞれ、自分の人生、自分を大切に、自分が納得できる人生を生き抜いてほしい。

先日、コロナ禍で延び延びになっていた私の喜寿の祝いを息子が開いてくれた。彼は習い始めたばかりのチェロで、ジュピターという曲を弾いてくれた。多分まだその曲しかマスターしていないのだろう。こんな日が来ようとは。すべてに感謝しかない。

幸せを噛みしめている。

人は弱い。でも、つらくて苦しい時は誰かに助けてもらえばいい。自分を開けば、必ず誰かが助けてくれる。ゆき子さんに似た、たくさんのゆき子さんたち。もう誰一人死んではいけない。ほら。固く握りしめている拳《こぶし》を開いてごらん。今、足元にぽろりと小石が落ちたよ。ねっ。そして開いた手の平で降り注ぐ慈雨を受け止めて！　つらかったね。苦しかったね。でも、もう大丈夫。これからゆっくり時間をかけて癒やしていこう。決して一人ではないから。人は強い。慈雨は誰にも等しく降り注ぎ、あなたを潤し、きっとまた元気に歩き出せるから。亡くなった三人は、私に降り注いだ温かい雨、そう！　慈雨であったと、しみじみ思う。

私も生きている限り、誰かの乾いた心を潤す慈雨でありたい。

「あなたたち三人に出会えて、本当の私になれたよ」

かい君、りっ君、ゆき子さん、ありがとう。

二〇二二年五月七日

大木太枝

あとがき

あなたへ

あなたは、あの事件の後、他県へ引っ越したと聞いています。今、どこでどんな暮しをしているのでしょうか？　眠れない日々がありますか？　胸の奥がヒリヒリと痛む日がありますか？　長い歳月を経て、思い通りにいかない子育てや、たくさんの他者との関わりの中で、きっとあなたも成長したことでしょう。

つい最近も、私はある幼稚園のママ友グループのこんな話を耳にしました。そのグループは、子どもたちの登園を見送るとそのまま、ほぼ毎日、グループリーダー（ボス）宅へ集まり、子どもたちのお迎えを挟んでまた、子どもたちも一緒にボス宅へ。子分のママたちは、ボス宅の家事まで分担して夕方帰宅するそうです。私は、七、八人もいるというママたちの、誰もこの日常に疑問を持たないのか？　もしかして、抜け出すには勇気がいるのか？　と、色々と考えてしまい怖くなってきました。

私は事件から二十二年もたった今になって、この本を出版する意味について考え続けました。しかし私の稚拙な原稿をていねいに読み込んでくれ、あたたかい講評をくださった担当の方をはじめ、優しくも的確なアドバイスをくださる編集の方など、おそらくは出会うはずもなかったであろう多くの人との出会いは新鮮で貴重な体験であり、その中で次第にその意味は明確になっていきました。そして、これを書き終えたことでやっと私なりに心の整理ができたと感じています。多分これが私の弔《とむら》い方だったのでしょう。

願わくばあなたには、この罪を一生背負って生きてほしいと思っています。けれど、どんなに大きなつまずきがあろうとも、そうであればこそ、あなたの人生もまた、あたたかい心ある人たちとともにあって、実りの多い日々を重ねていかれますようにと、心から願ってやみません。

大木太枝

著者プロフィール
大木 太枝（おおき たえ）
1944年　岡山県生まれ。
ＮＰＯ法人こころの相談室を開設。理事長。
心理カウンセラー。社会福祉協議会監事。

慈雨

2023年４月15日　初版第１刷発行

著　者　大木 太枝
発行者　瓜谷 綱延
発行所　株式会社文芸社
〒160-0022　東京都新宿区新宿1－10－1
電話　03-5369-3060（代表）
03-5369-2299（販売）

印刷所　図書印刷株式会社

ISBN978-4-286-29077-5